Michael G. Herr

Schneeflocken Blues

Die abenteuerliche Reise einer Schneeflocke
zwischen den Welten

Impressum

Bibliografische Information der Deutschen Nationalbibliothek:
Die Deutsche Nationalbibliothek verzeichnet diese Publikation in der Deutschen Nationalbibliografie; detaillierte bibliografische Daten sind im Internet über dnb.dnb.de abrufbar.

Verlag: BoD · Books on Demand GmbH
In de Tarpen 42, 22848 Norderstedt
Druck: Libri Plureos GmbH, Friedensallee 273, 22763 Hamburg

ISBN: 978-3-7597-8555-8

Inhaltverzeichnis

Vorwort

In manchen Kulturen glaubten die Menschen, dass sie mit Hilfe eines Flusses in den Himmel gelangen. Aber gibt es einen Weg zurück?

Davon und manch anderem handelt die Erzählung über die Reise einer Schneeflocke.

1. Erdenflug

Es ist ein schöner Tag, genaugenommen ist es ein Tag im Winter, an dem die Menschen nicht überrascht sind, als es draußen anfängt zu schneien.

Eine Schneeflocke tänzelt im glänzenden Kleid ganz langsam zur Erde.

Die Schneeflocke trägt den Namen Flocke. Gemeinsam mit Tausenden anderen Schneeflocken sinkt sie durch die Luft nach unten.

Sie entspringen alle einer großen, bläulich grauen Wolke und sind bei großer Kälte aus feinen Wassertröpfchen und Luft geboren. Und wenn man sie genau betrachtet, offenbart sich dem aufmerksamen Auge wunderschöne, sechseckige Schneekristalle. Da es draußen kalt genug ist, bilden sie die vollendete Struktur von Sternen aus. Keine Schneeflocke sieht aus wie die andere und jede hat ihre eigene Lebensgeschichte.

Alle Schneeflocken sind vergnügt und witzeln ausgelassen. Man spürt förmlich, wie sie sich freuen über die Reise zur Erde. Allein Flocke kann diese Stimmung nicht empfinden. Sie hat vielmehr das Gefühl, dass die anderen sie meiden und bestrebt sind, ihr nicht zu nahe zu kommen. Sie fühlt sich sehr einsam und traurig, obwohl sie unter ihresgleichen ist und fragt sich, was anders ist an ihr und warum die anderen ihr fernbleiben? Der Gedanke quält sie und sie denkt unablässig darüber nach, ohne dass sie der Antwort auch nur ein Stück näherkommt.

Schneeflocken können ihren Flug nicht steuern, sie lassen sich in den Lüften treiben von den Winden. So geschieht es, dass Flocke die Flugbahn eines Adlers hoch am Himmel kreuzt und sich in sein Gefieder verfängt. Da sie es leid ist schweigend und unbeachtet neben den anderen Schneeflocken zu Boden zu sinken, ist sie für diese unerwartete Unterbrechung im Grunde ihres Herzens ganz dankbar.

Das Gefieder des Adlers, in dem Flocke nun hängt, glänzt dunkelbraun, nur an Kopf und Nacken hat es den Anschein gelbbräunlich zu sein. Die Augen des Adlers sind dunkel und starren unablässig auf die Erde unter ihm. Seinen kräftigen Schnabel hält er dabei geschlossen.

Sie reitet eine Weile auf dem Adler dahin. In den Wolken sagt man, dass Adler die Könige der Lüfte sind und über große Weisheit verfügen, denn sie haben mit ihrem scharfen Adlerblick viel gesehen vom Leben auf der Erde. Flocke hat zugegebenermaßen ein bisschen Angst davor, was sie auf der Erde erwartet. In den Wolken erzählt man, dass Menschen anderen Menschen Leid zufügen. Sie befürchtet, ihr könne Gleiches geschehen. Daher ist sie dankerfüllt über diese kleine Rast auf dem Federkleid des großen Vogels.

Der Adler spürt wohl, dass er einen Gast bekommen hat. Ebenso scheint er ihre Angespanntheit wahr zu nehmen und ihre Gedanken lesen zu können. Nur so lassen sich seine Worte erklären: „Hallo, du bist ja eine sonderbare Schneeflocke“.

Nach einem Moment des Schweigens fährt er fort: „Und was deine Ängste betrifft, lass dir gesagt sein, sie sind nicht ganz unbegründet. Der Erdenmensch ist ein seltsames Herdentier, welches am liebsten in der Gemeinschaft mit anderen lebt und dabei oftmals rücksichtslos gegen andere und die Natur vorgeht. Aber sei gewiss, diese Kreaturen sind gleichzeitig auch die einzigen Lebewesen, die die Liebe in allen ihren Facetten kennen und praktizieren“.

Letzteres beruhigt Flocke etwas, sie kann nicht sagen warum und weiß nichts von Liebe, es ist einfach so ein Gefühl. Sie hört davon zum ersten Mal in ihrem kurzen Dasein. Es fühlt sich sanft und weich an wie das Wort Liebe aus dem Schnabel des Adlers kommt. Dass er sie als etwas Sonderbares bezeichnet, wird ihr nicht bewusst. Genau so wenig, wie es das erste Mal außerhalb der Wolken ist, dass jemand mit ihr spricht.

„Fühlst du dich nicht alleine, wenn du stundenlang deine Kreise hoch am Himmel ziehst?“ entgegnet sie mit zaghafter Stimme, denn die Überraschung, dass der Adler sie angesprochen hat, ist ihr immer noch anzumerken.

Der Adler, der augenscheinlich der Weisheit seine Stimme leiht, lächelt: „Wenn du etwas bewunderst, so wie ich die Schönheit der Natur während des Fliegens, fühlst du dich niemals einsam. Obwohl du alleine bist, spürst du, dass du ein Teil dieser Schönheit bist, und das ist ein wundervolles Empfinden, glaube mir.“

Einsam sein? Flocke weiß nicht genau was er meint, intuitiv stellt sich in ihr aber die Empfindung ein, dass es etwas mit dem zu tun hat, was sie spürt, wenn sie gemieden von den anderen Schneeflocken mit diesen zusammen zur Erde sinkt.

„Und was ich dir auf deinem Weg noch mitgeben möchte, und das sage ich dir jetzt, denn ich weiß nicht, wie lange du dich noch an meinen Federn festklammern kannst," fügt der Adler hinzu. „Man muss die Liebe nicht suchen oder daran verzweifeln, wenn man sie bislang nicht gefunden hat. Dann sucht man nämlich an der falschen Stelle. Sucht man jedoch in seinem Inneren, entdeckt man, dass sie bereits da ist und auf einem wartet".

Dies hört sich bedeutungsschwer an. Flocke nimmt sich vor, dem nachzuspüren, wenn sie auf der Erde angekommen ist.

Sie schickt sich gerade an dem Adler ein Dankeschön für seine tiefgründigen Ausführungen und ehrlich gemeinte Freundlichkeit zu machen, die sie so ja bisher noch nie erfahren hat, da erfasst sie ein kräftiger Windstoß. Sie beginnt davon zu schweben, hört aber noch wie er ihr hinterher ruft: „Was du bald ganz überwältigend und tief sitzend in dir spüren wirst, wage dich noch früh daran".

Seine letzten Worte vernimmt sie nur noch ganz schwach, da ist sie der Erde schon ein Stück weit nähergekommen. Was er damit sagen will wird sie in nicht allzu ferner Zeit am eigenen Leib spüren. Aber davon weiß Flocke in diesem Augenblick noch nichts.

2. Erdenleben

Auf der Erde steht ein Mädchen im Garten. Es betrachtet fasziniert die Schneeflocken, wie sie sich auf dem Rasen hinter dem Haus niederlassen. Im Sommer war er noch schön grün und weich und sie hatte darauf mit ihren Freundinnen auf einer ausgebreiteten, buntgemusterten Decke mit den Puppen gespielt. Jetzt verwandelt er sich von Stunde zu Stunde mehr in eine einzigartige große und weiße Schneedecke. Das Mädchen versinkt völlig in ihrer Fantasiewelt und versucht den Schneeflocken, so wie sie es bei ihren Puppen macht, Namen zu geben. Ein hoffnungsloses Unterfangen, da sie bei dieser Dichte gar nicht zu unterscheiden sind. Dabei denkt sie weder an das Morgen, noch an das Gestern. Sie hat die Zeit ganz vergessen und lebt nur im Jetzt. Später wird sie von ihrer Mutter zum Abendessen gerufen werden und dann ganz überrascht und enttäuscht fragen, „ist es denn schon Abend?“

Vortags hat sie den Großvater zu ihren Eltern sagen hören: „Wir sollten wieder lernen, so offen und neugierig wie Amelie zu werden. Wenn wir Erwachsene glauben alles zu wissen, wie können wir dann unvoreingenommen etwas Neues erfahren? Sie lebt es uns ständig vor.“ Um welches Thema es gegangen war hatte sie nicht verstanden.

Wahrlich, Amelie ist ein sehr aufgewecktes und neugieriges Kind und verblüfft die Großen immer wieder damit, dass sie einer augenscheinlich verkomplizierten Welt die Schwere nimmt und neue Sichtweisen, die zu einfach erscheinen, als dass sie in die Welt der Erwachsenen passen, von sich gibt.

Es war im letzten Sommer zur Erntezeit, die Früchte des Kirschbaumes weit hinten im Garten warteten in ihrer vollen Reifepracht sehnlichst darauf gepflückt zu werden. Die Erwachsenen schienen wenig Interesse daran zu haben, nur die Vögel hielten sich gütlich. Amelie versuchte vergeblich den Baum hinaufzuklettern, denn zu verlockend erschienen ihr die vielen tiefroten Kirschen. Aber die unteren Äste verzweigten sich zu weit oben, um sich daran klammern und hochziehen zu können. Als Großvater bei einem ihrer erfolglosen Versuche hinzukam, zögerte sie nicht lange und rief ihm zu. „Opa, es gibt kein Verbot für alte Männer auf Bäume zu klettern“. Soviel zu ihrer bemerkenswerten Sicht auf einfache Dinge.

Von ihrem Großvater, einem sehr lebenserfahrenen und naturverbundenen Mann hat sie gelernt, dass eine Schneedecke die Pflanzen schützt und auf den Feldern eine isolierende Wirkung hat, vergleichbar mit einer Bettdecke. Schnee ist ein schlechter Wärmeleiter, erklärte ihr Großvater. Die Schneeschicht verhindert, dass die Wärme aus tieferen Erdschichten nach oben gelangt und von der Oberfläche abstrahlt. Wenn es wärmer ist, wenig unter 0°C, gibt es tollen Schneeballschnee, aus dem man einen riesigen Schneemann bauen kann. Der Schnee haftet dann prima. Meistens ist dieser Schnee daran zu erkennen, dass es in ganz großen Flocken schneit.

Genau wie im Moment, es schneit in ganz großen Flocken und das Mädchen zögert nicht lange und formt mit seinen zarten Händchen aus hunderten Schneeflocken kleine Kugeln. Diese drückt sie mit ihrer ganzen Kraft zusammen, bevor sie auf der Wiese hin und her gerollt, immer größer und größer werden.

Am Ende des Tages, kurz bevor sie von ihrer Mutter ins Haus gerufen wird, hat sie ihr Werk vollendet. Im Garten auf dem Rasen, unweit der Terrasse zum Wohnzimmer, zwischen dem verschneiten Apfelbaum und der Linde an der Auffahrt zum Haus, steht ein Schneemann. Es ist ein wunderschöner Schneemann und jeder Spaziergänger, der von nun an vorbeikommt mag denken, hier war ein Vater mit seinen Kindern den ganzen Nachmittag zu Gange, so beeindruckend ist das Kunstwerk. Amelie ist beglückt als sie als Letztes die Augen des Schneemannes einbaut. Dafür lässt sie sich etwas Besonderes einfallen.

Nachdem Flocke vom Adler weggeflogen war wusste sie nicht so recht, wie ihr geschah. Ihre Landung auf der Erde erfolgte kurze Zeit später und war weniger aufregend als erwartet. Sie landete sanft auf dem Boden und fand sich dicht gedrängt an viele Schneeflocken, unter und neben ihr liegend. Die anderen können ihr dieses Mal nicht ausweichen und erdulden ihre Nähe bis jetzt schweigend.

Sie fühlt sich von Anfang an fremd in dem unbekannten Land, das fest im Griff des Winters ist.

Es kündigt sich eine sternenklare Nacht an. Die Wolken sind verzogen und es ist merklich kälter geworden. Aus den Dächern der Häuser steigt Rauch empor. Die Menschen haben ihre Kamine angezündet oder die Heizungen hochgedreht. In den Scheiben der hell erleuchteten Wohnzimmer und Stuben spiegelt sich eine bezaubernde Winterwelt mit einer tief verschneiten Landschaft wider.

Flocke ist neugierig. Sie will unbedingt wissen, was hinter den Scheiben geschieht und strengt sich an, einen Blick zu erhaschen. Es gelingt ihr, denn sie steht, inzwischen auch eingebaut in den Schneemann, nur unweit des Fensters mit Tür zur Terrasse. Ihr ist klar, dass die Menschen in solchen Häusern leben, denn das Mädchen ist darin verschwunden, nachdem es von seiner Mutter gerufen worden war. Sie hat das Kind die ganze Zeit aufmerksam beobachtet, wie es vergnügt ihre Brüder und Schwestern zusammengedrückt hat und merkwürdige Dinge daraus formte. Sie nahm auch wahr, wie das Mädchen stutzte, als sie von ihm in ihre kleinen Händchen genommen worden war. Ein leises „oh" kam da aus seinen Mündchen.

Will sie ganz ehrlich zu sich selber sein, findet sie das Menschenkind sympathisch und fragt sich, ob die Ängste vor den Menschen zu guter Letzt vielleicht unbegründet gewesen sind?

Aber was ist das? Flocke erschrickt. In der Fensterscheibe spiegeln sich ihre Brüder und Schwestern. Sie sehen leicht gequält aus, denn sie sind eng an eng gepresst, ergeben aber in der Gesamtheit ein sehr schönes Bild. Das ist er also, der Schneemann, so sieht er aus. Flocke hat schon in den Wolken von Schneemännern gehört.

Bevor die Mutter das Kind ins Haus gerufen hat, hörte sie sie sagen: „Meine kleine Amelie, da hast du dir aber große Mühe gegeben, so einen grandiosen Schneemann zu bauen“.

Warum Flocke erschrickt hat allerdings einen anderen Grund. Sie kann alle ihre Brüder und Schwestern erkennen, aber wo ist sie selbst? Ein ungutes Gefühl kommt in ihr auf. Ihr Blick wandert, wie von einer fremden Macht gesteuert, auf einen blauen Fleck inmitten des oberen Teils des Schneemannes. Mit einem Schlag wird ihr bewusst, dieser blaue Fleck, das ist sie. Das Mädchen hat nach kurzem Erstaunen darüber, eine blaue Schneeflocke in den Händen zu halten, nicht lange überlegt und sie als Auge inmitten des Kopfes des Schneemannes verbaut.

Da steht er also, der einäugige Schneemann und Flocke mittig im oberen Teil. Sie fühlt einmal mehr, dass sie in dieser Welt nicht daheim ist und ihr ist zum Heulen zu Mute, reißt sich aber zusammen und nimmt sich vor, das Beste aus ihrer Situation zu machen.

Die Zeit vergeht, die Nächte weichen den Tagen und umgekehrt. Es hat bereits am ersten Tag des Erdenlebens von Flocke aufgehört zu schneien. Die Wolken am Himmel sind mittlerweile verzogen und die Sonne scheint häufiger, allerdings pfeift ein eiskalter Nordwind. Er lässt die Gesichter der Menschen erröten, die sich aufgrund des schönen Wetters zu einem Spaziergang durch die Winterlandschaft aufmachen.

Auch das Mädchen ist täglich im Garten und spielt ausgelassen mit ihren Freundinnen. Alle sind eingemummt in dicke Jacken und Schals. Die Köpfe bedecken bunte, lustige Wollmützen. Der Schneemann wird nur hin und wieder beachtet, das ist Flocke ganz recht. Sie schämt sich, wenn das Mädchen hinzukommenden Kindern den Schneemann zeigt, denn jedes Mal steht dann das Auge im Mittelpunkt des Interesses und die Kinder kichern und klatschen vor Freude in die klammen Händchen.

Eines schönen Tages, es ist ein besonders frostiger Tag und die Sonne sendet freudig ihre Strahlen zur Erde ist etwas anders als sonst. Das Mädchen kommt wie gewohnt am Nachmittag in den Garten und wird wie häufig von Spielkameradinnen begleitet. Was anders ist, und es fällt Flocke sofort auf, ist der Umstand, dass eines der Mädchen augenscheinlich anders ist als all die anderen. Dieses Mädchen hat ihre Mütze nicht sehr weit ins Gesicht gezogen und die dunklen, gekräuselten Haare stibitzen in ihrer ganzen Pracht darunter hervor. Was Flocke am Allermeisten in den Bann zieht ist das strahlend lächelnde Gesicht des Kindes. Über einen breiten Mund mit vollen Lippen und einer nicht sehr großen, etwas breiteren Nase blitzen nachtschwarze, große fröhliche Augen. Die Farbe des Gesichtes ist schwarz.

Flocke unterdrückt einen Aufschrei. Der Anblick hat sie erschreckt. Sie spürt augenblicklich eine schicksalhafte Verbundenheit mit diesem Mädchen. Von da an kann sie ihren Blick nicht mehr von ihm wenden und beobachtet es immerfort. Sie sieht, wie es sich mit den anderen Kindern ausgelassen Schneebälle gegenseitig zuwirft und vor Schadenfreude jauchzt, wenn einer der Fängerinnen ins Leere greift und der Schneeball im Gesicht oder am Körper zerstiebt.

Es ist später geworden als sonst. Die Auffahrt zum Haus kommt eine Frau hinaufgelaufen und ruft schon von Weiten einen Namen, den Flocke nicht versteht. Das fremde Mädchen unterbricht augenblicklich das Herumtollen und läuft ihr entgegen. Die Frau ist inzwischen auf der Höhe des Schneemannes angekommen und schlingt die Arme um das Mädchen, das direkt und ohne zu bremsen darin zum Halten kommt. „Hello my darling, you are out of breath“, hört sie die Frau sprechen. „Tell me who is your best friend?“ Das Mädchen löst sich aus der Umarmung und streckt seinen Arm in Richtung des Mädchens aus dem Haus aus. „It‘s Amelie, can you see her? She looks like me“, kommt es, immer noch leicht außer Atem und voller Hinwendung, aus ihren Mündchen.

Flocke richtet ihren Blick auf Amelie, und tatsächlich, sie hat gleich langes und dunkles, allerdings gelocktes und kein gekräuseltes Haar. Zwar sind die Bäckchen leicht gerötet vom Herumtollen und der Kälte, aber das Gesicht ist ansonsten weiß und nicht schwarz.

Flocke dämmert es. Ihr wird bewusst, dass die anderen Schneeflocken sie wegen ihrer Farbe ausgrenzen. Das tut weh und fühlt sich ungerecht an. Dabei mag sie sich doch auch zugehörig fühlen, so wie das farbige Mädchen zu ihren Freundinnen. Ihr zieht es ihr kleines Herz zusammen. Niemand kann es sich doch aussuchen, mit welcher Farbe oder wo man geboren wird. Wer ist es der sich ändern muss, um gemeinsam in Einhelligkeit miteinander zu leben? Ist es sie oder sind es die anderen? Oder beide Seiten? Ihre Gedanken schwirren wild durcheinander.

Das es auch anders geht, sogar sehr anders und dass das Miteinander Verschiedenfarbiger Freude und Harmonie nicht ausschließt, hat sie gerade mit eigenen Augen beobachtet.

Als sie sich wieder etwas gefangen hat, weiß sie mit einem Mal, was sie zu tun hat. Sie nimmt sich vor den anderen Schneeflocken zu sagen, was sie in ihrem Innersten empfindet und dass sie sich ungerecht behandelt fühlt gemieden zu werden. „Na gut," hört sie sich zu sich selbst sagen, „ich bin eben anders, Zugehörigkeit muss man sich vielleicht ein Stück weit erarbeiten. Und kann nicht anders sein auch von Vorteil sein?" Dabei denkt sie an die Begegnung mit dem Adler. Er hatte sich ihr zugewandt und ihr seine Aufmerksamkeit geschenkt, obwohl sich auch noch andere Schneeflocken in seinem Gefieder verfangen hatten. Augenblicklich fühlt sie sich besser und ein Stück weit befreit.

3. Menschenleben

Amelies Großvater hat nicht viele Freunde, umso erstaunlicher, wenn trotzdem viele Menschen zu seinen Ehren zusammenkommen. Heute ist so ein Tag. Es ist Großvaters 70ster Geburtstag. Eigentlich liegt es ihm nicht zu feiern, denn er lebt eher zurückgezogen. Aber heute tut er es dann doch, aus welchen Gründen auch immer. In der letzten Stunde sind viele Leute die Auffahrt zum Haus hinaufgekommen und im Haus verschwunden.

Bis heute weiß Amelie nicht viel über das Leben ihres Großvaters. Sie ist 10 Jahre alt und solange sie sich zurück erinnern kann, weilte Großvater die Winterszeit über in fernen Landen und kam in jedem neuen Jahr erst wieder in die Heimat zurück, als die Menschen anfingen, die langen Hosen durch Shorts zu ersetzen und das Leben sich zunehmend nach draußen verlagerte. Als sie noch kleiner war und gerade anfing ihre ersten Worte zu sprechen, nannte sie ihn immer Bali Opa, wenn sie Fotos, die ihn in der Ferne zeigten, anschaute.

Dass sie ihn hin und wieder liebevoll Bali Opa nennt ist bis heute so geblieben.

Dieser Winter ist der erste, an dem er zuhause geblieben ist und Amelie empfindet es wie ein Geschenk, denn er verbringt viel Zeit zusammen mit ihr.

An einem dieser gemeinsamen Tage hatte sie ihm eine Frage gestellt, die sie schon lange in ihrem Inneren bewegte. Ihr war nicht verborgen geblieben, wie intensiv in den Nachrichten über Konflikte und Kriege überall in der Welt berichtet wird. „Opa, wann wird es Frieden geben auf Erden?“ wandte sie sich an den Großvater. „Als ich einst Vater fragte, sagte er mir, dass diese Vorstellung utopisch ist, solange es Menschen gibt. Seitdem fühle ich mich traurig. Ich will doch gerne schnell groß werden, um wie Mama ohne Ängste und Sorgen eine eigene Familie zu haben, die ich lieben und behüten kann“.

“Sorg dich nicht liebe Amelie,“ gab er ihr zur Antwort. „Die Welt hat genug für jedermanns Bedarf, aber nicht genug für jedermanns Gier. Daraus kann man für sich lernen mit dem zufrieden zu sein, was man hat und bei sich im Herzen Frieden zu schließen, denn wir tragen in uns unsere eigene kleine Welt. Dort und in den Familien beginnt der

Frieden und entwickelt die Macht, sich in die äußere Welt hinaus zu tragen“.

Seine Worte haben Amelie beeindruckt. Sie wünscht sich das Frieden in ihrem Leben einen großen Platz einnehmen wird. Dafür will sie auch etwas tun, wenngleich sie noch keine Ahnung hat was und auf welche Weise.

Bei nächster Gelegenheit will sie Opa auch noch fragen, ob er ihr etwas von Liebe erzählen kann. Sie hatte ihren Vater zu ihrer Mutter sagen hören, dass er sie noch so sehr liebe wie am ersten Tag, als er ihr begegnete. Dabei verfiel seine Stimme in einen sehr weichen Tonfall und seine Augen waren mit einem Glanz in den Pupillen auf ihre Mutter gerichtet, wie sie es noch nie gesehen hatte. Sie selbst fühlte sich von dem Anblick der beiden sehr berührt.

Alles was sie bisher mit Liebe in Verbindung bringt sind Umarmungen, die sie im reichen Maße von ihren Eltern empfängt. Opa ist da etwas zurückhaltender, gleichwohl genießt sie es im besonderen Maße, wenn er es dann doch einmal tut, aber nie ohne folgenden Satz auf den Lippen: „Wir brauchen vier Umarmungen am Tag zum Überleben meine kleine Amelie, acht Umarmungen am Tag zum Leben und 12 Umarmungen am Tag zum innerlichen Wachsen“. Ob‘s stimmt? Warum tut er es dann nicht öfters, fragt sich Amelie. Auf jeden Fall hat sie sich vorgenommen mit der Vergabe von Umarmungen sehr großzügig in ihrem Leben zu sein.

Im Haus ist es derweil voll geworden. Die Hitze des Kamins tut ihr übriges. Es ist wohl jemand zu warm geworden, so dass er die Tür zur Terrasse ein Stück weit öffnet. Da alle Gäste mittlerweile eingetroffen sind ergreift Großvater zur Begrüßung das Wort. Seine Stimme dringt durch die offene Tür nach draußen, bis hin zu Schneeflocke.

„Liebe Gäste, danke für euer Kommen und die vielen Glückwünsche und Geschenke, die ihr mir mitgebracht habt. Ab heute darf ich mich ja nun als „weiser“ Mann bezeichnen. Als ein solcher will ich euch gerne etwas zurückgeben und mein Zauberwort für ein zufriedenes Leben verraten.

Mein Leben und das Leben von uns allen ist ein langer Weg. Irgendwann auf diesem Weg sehnte ich mich nach Unabhängigkeit. Es dauerte viele Jahre sie mir zu erarbeiten. Als es dann endlich soweit war und damit ich sie auch genießen konnte, war für mich finanzielle Sicherheit und Gesundheit wichtig. Hätte eine dieser Zutaten gefehlt, wäre es mir nicht gelungen. Wirklich frei und unabhängig war ich aber erst, als ich losgelassen habe. Damit die Freiheit Platz in meinem Leben finden konnte musste ich ihn freigeräumt haben. Stauraum gab es nicht. Ich musste mich von Dingen und Bequemlichkeiten, ja sogar von Menschen verabschieden, damit die Freiheit Einzug halten konnte.

Und als mir all das gelungen war, glaubt ihr, dass ich seitdem dauerhaft glücklich bin?“

Er hält einige Sekunden inne und man spürt wie die Zuhörer, die bislang aufmerksam lauschten, gespannt auf die Antwort warten.

„So komme ich nun zu meinem Zauberwort für ein zufriedenes Leben,“ setzt er fort. „Das Wort Glück verwende ich bewusst nicht. Ich finde es zu abgegriffen, bei vielen Menschen sogar schon ein Stück weit negativ besetzt, weil sie es in ihrem Leben nicht ansatzweise erreichen. Daher hat es seine Magie verloren.

Nein, mein Zauberwort heißt Harmonie. Es ist ein Gefühl, das sich in mir einstellte, als ich über mein Leben reflektierte und in der Folge mit mir im Reinen war. Dann spürte ich es ganz tief drinnen in mir, es fühlte sich an wie das Liebesgefühl, das sicher die meisten von euch kennen. Es ist unwahrscheinlich wohltuend es zu spüren und ich nehme wahr, wie Energie in mir fließt. Es verschwindet auch nicht mehr, selbst wenn ich mich an manchen Tagen schlecht fühle, weil die Schattenseite in mir mal wieder die Oberhand gewonnen hat. Dann taucht es nur eine Zeitlang ab und irgendwann spüre ich es erneut.

Wenn ihr euch jetzt fragt, was müsst ihr tun damit Harmonie in euer Leben einzieht? Dann möchte ich empfehlen die Natur zu beobachten. Schaut euch nur einen Schmetterling an in all seiner äußeren Schönheit, wie er scheinbar ausgelassen und ziellos durch die Lüfte flattert und doch ist sein Nutzen immens für den Fortbestand von Leben. Er vergleicht sich nicht mit anderen Schmetterlingen und bewertet nicht ständig jeden und alles, was um ihn herum passiert. Ich bin mir sicher er schwelgt auch nicht ständig in Wunschdenken, sondern genießt den Moment, das Heute, Hier und Jetzt. Er ist zuversichtlich, dass irgendwo die schönste Blüte auf der Blumenwiese auf ihn wartet. Geduldig flattert er seines Weges".

Er unterbricht ein weiters Mal, und schaut ins Rund. Er sieht wie es in den Köpfen seiner Gäste zu arbeiten scheint, manche suchen den Blick zu ihrem Partner, andere haben den Kopf gesenkt und zeigen an, dass sie gerade keinen Blickkontakt wünschen, weil sie nicht in ihren Gedanken gestört werden möchten und wiederum andere schauen Großvater freiweg in seine Augen. Er meint darin lesen zu können, dass sie verstehen, was er ihnen sagen will.

„Nachdem ich längere Zeit unter den Balinesen auf ihrer Insel im Indischen Ozean am anderen Ende der Welt lebte, veränderte sich meine Sichtweise und ich fing an, vieles was mir bisher Gewohnheit war anders zu betrachten. Manches fiel mir dann leichter und ich konnte Dinge sehen, die mir bisher verborgen geblieben waren. Denn Existenzangst und das Streben nach immer mehr, die mir mein ganzes Leben innewohnten, ist den Inselbewohnern fremd, sie kennen sie nicht in ihrem Alltag. In der Dorfgemeinschaft und in ihren Familien fühlen sie sich aufgehoben, es gibt ihnen Sicherheit. Sie strahlen Zufriedenheit aus mit dem was sie haben und was sie sind.

Sie erinnern mich immer wieder an den Schmetterling, den sie kupa-kupa nennen und die Blumenwiese.

Ich werde oft gefragt, warum ich mich für Bali entschieden habe, meine Antwort ist immer dieselbe: I didn´t choose Bali, Bali choosed me!“

Schneeflocke lauscht aufmerksam den Worten des Großvaters. Mit einem Mal schließt einer der

Gäste die Tür zum Balkon, ihm ist es wohl zu kalt geworden. Enttäuschung macht sich in ihr breit, zu gerne hätte sie noch das Ende der Rede mitverfolgt.

4. Liebesleben

„Bald wirst du etwas ganz überwältigend und tief sitzend in dir spüren, wage dich noch früh daran“. Schneeflocke schreckt aus dem Schlaf. Sie hat geträumt, von ihrer Reise zur Erde und ihrer Begegnung mit dem Adler hoch oben in den Lüften. Obwohl sie noch ganz schlaftrunken ist, glaubt sie mit einem Male zu wissen, was diese Worte bedeuten. Es scheint ihr so, als käme die Antwort aus ihrem Herzen heraus und nicht von ihrem Verstand.

Es hatte in den letzten Tagen wieder angefangen zu schneien, alles war in eine glänzend weiße Neuschneedecke gehüllt. Es ist ein Bilderbuchwinter, wie es ihn schon seit langem nicht mehr gegeben hat. Viele neue Schneeflockenmänner und Schneeflockenfrauen waren vom Himmel geschneit und fanden ihren Platz auch auf dem Schneemann. Obwohl ihnen Flocke nicht viel Aufmerksamkeit beimisst, Schneeflocken sind untereinander nicht so neugierig und gesprächig, wie es die Menschen sind, trifft dies auf eine der Flocken nicht zu. Diese hat sich auf der Nase des Schneemannes niedergelassen. So haben beide die Möglichkeit, sich aus nächster Nähe zu beäugen und das macht Flocke seitdem im reichen Maße, wenn auch verstohlen. Sie hat es sofort gespürt. Es ist ein Gefühl in ihr, dass sie bisher nicht kennt, so als hätte etwas ein Feuer in ihr entzündet. Es ist das erste Mal in ihrem Leben, dass sie ihre Weiblichkeit spürt, ein überwältigend schönes Gefühl.

Flocke bebt das Herz, als sie allen Mut zusammennimmt und den Schneeflockenmann anspricht. Sie muss das Risiko eingehen abgewiesen zu werden. Das Bedürfnis nach einer Umarmung, dass sie verspürt, ist stärker.

„Hallo, ich bin weiblich. Ich würde dich gerne näher kennenlernen.“

„Warum hast du mich, warum hast du mich ausgewählt?“ antwortet dieser leicht ungläubig.

Die Lichter des Dorfes in der Ferne zwischen den Stämmen des Apfelbaumes und der Linde blinken auf, hier eines, da eins.

„Ich habe gespürt, dass du Gefühl hast“, entgegnet sie, „Gefühl für mich. Daran erkenne ich dich“.

Während sie spricht fängt es an zu schneien, leicht und in feinen Flocken, wie Mehl, das aus einem großen Sieb niederfällt. Schnee hat etwas Segensreiches.

„Hab keine Angst“, fügt sie hinzu, „ich denke und fühle wie jede Schneeflockenfrau. Auch wenn ich etwas anders aussehe, wie all die anderen. Es ist eine Freude, dir in die Augen zu sehen. Ich spüre wie etwas Neues in mir entsteht und seinen Platz in meinem Herzen findet. Es macht mich sicher und stark, mit jedem Herzschlag.“

Die leisen und liebevollen aber auch sehr offenherzigen Worte von Flocke werden freudig vom Schneeflockenmann empfangen. Sie ist erstaunt, wie leicht ihr diese Worte aus dem Munde gleiten, vergessen ist auch, dass sie sich noch vor gar nicht so langer Zeit wegen ihrer Farbe ausgegrenzt gefühlt hat. Sie spürt nur noch wie das Leben in ihr pulsiert.

Das war es also was der Adler ihr seinerzeit mit auf den Weg gab und was ihr jetzt im Traum begegnete. „Was du bald ganz überwältigend und tief sitzend in dir spüren wirst, wage dich noch früh daran“. Es macht sie sehr froh, dass sie nicht zögerte, ihr Herz für den Schneeflockenmann zu öffnen.

Alles ist magisch, wenn man verliebt ist! Die Liebenden schweben auf Wolke sieben, haben eine rosarote Brille auf, Schmetterlinge im Bauch, weiche Knie und ihnen ist ganz warm ums Herz. Das Schweben auf einer Wolke ist für Flocke und dem Schneeflockenmann nichts Unbekanntes. Allerdings das was nun geschieht schon. Denn bei Schneeflocken entlädt sich ein ähnlicher Hormoncocktail wie bei Menschen, allerdings sind die Folgen gravierender.

Beide sind sehr verschmust und messen der körperlichen Nähe viel Zeit bei. Erhitzt von den Gefühlen füreinander merken sie nicht, wie ihre Körper sich verändern und immer weniger und weniger werden, bis sie sich, zusammengeschmolzen in einem Tropfen, dessen plötzlich gewahr sind. Aber in Liebe vereint fühlen sie sich stark und die Veränderung beunruhigt sie nicht sonderlich.

Im Tröpfchen verschmolzen kullern sie den Schneemann hinunter und begeben sich auf eine weite Reise.

5. Flussreise

Flüsse dienen der Menschheit unablässig indem sie frisches Wasser von den Berghängen bringen. Es gibt den Menschen Leben. Flüsse sind auf dem Weg das Meer zu erreichen, das ihre Heimat und ihr Ziel ist. Auf der Heimkehr zu ihrer letztendlichen Quelle dienen sie kontinuierlich. Es fahren Schiffe auf den Größeren von ihnen, hauptsächlich sind es Binnenschiffer, die mit ihren Lastkähnen darauf unterwegs sind. Die Kraft der Flüsse wird an manchen Stellen genutzt um elektrischen Strom für die Menschen zu produzieren. Flüsse kümmern sich nicht darum, ob ihr reines Wasser gut oder schlecht genutzt wird.

Der Fluss in dem Tröpfchen jetzt treibt tritt sprudelnd aus einer weit entfernten Quelle und fließt am Anfang als kleines Bächlein den Hang hinab. Auf seinem Lauf hat der Bach sich mit vielen andern Fließgewässern vereinigt und ist so immer weitergewachsen, bis aus ihm ein sehr großer Fluss geworden ist. Er fließt mit beträchtlicher

Geschwindigkeit unweit des Gartens vorbei, in dem Flocke und der Schneeflockenmann einst landeten. Er braust und fließt in einem immerfort und was er nimmt das gibt er auch wieder. Er ist so mächtig und seine Strömung so stark, dass er selbst im Winter nicht zugefriert, sehr zum Leidwesen der anwohnenden Kinder, Amelie eingeschlossen.

Der Fluss begrüßt Tröpfchen respektvoll. Er weiß seine Ankunft zu schätzen, denn daraus speist sich seine Lebensenergie. Mit tiefer, bedächtiger Stimme wendet er sich ihm zu: „Wenn man zu mir kommt und mich berührt, so wie du es gerade getan hast, spüre ich eine Liebkosung. Du berührst dann das letzte von mir was gerade vorübergeströmt ist und das erste von mir, was gerade kommt. Ich bin keine feste Wand, nichts auf der Welt ist so weich und nachgiebig wie ich, wie du gemerkt hast und ich halte niemanden auf, der zu mir kommen will. Jetzt bist du ein Teil von mir und wir haben keine andere Wahl, als uns gegenseitig die Reise zu erleichtern. Wir können gemeinsam dahin gehen wohin wir wollen, nichts kann uns standhalten, denn ich besiege das Harte und Starke. Wer sich uns in den Weg stellt, den umgehen wir. Aber hab keine Angst, seit Millionen von Jahren ist mein Weg nahezu derselbe“.

Das beeindruckt Tröpfchen und gibt ihm ein Gefühl der Sicherheit, denn es verspürte leichte Ängste als es darüber nachdachte, welch beschwerliche Reise mit dem Fluss ihm bevorstehen könnte.

Der Fluss fährt fort: „Die Menschen haben mir einen Namen gegeben um mich von anderen Flüssen zu unterscheiden, sie nennen mich schwärmerisch-liebevoll Vater Rhein. Von den Fischen, die in mir wohnen, nennt mich keiner so, ihnen ist das egal. Sie sind dankbar, dass ich ihnen ein Zuhause biete. Ich behalte solange meinen Namen und bin ich, solange ich gesondert vom Meer bestehe, das mein Ursprung und Ziel ist. Sobald ich aber in das Meer eingemündet bin, nehme ich den Geschmack, die Form und auch den Namen des Meeres an. So ist es. Ich bin sehr froh ein Anliegen zu haben, etwas, dass mir am Herzen liegt und wofür ich bereit ist zu fließen“.

„Und was ist dein Anliegen?“ wirft Tröpfchen etwas zaghaft ein.

Vater Rhein antwortet: „Ich spüre eine Sehnsucht in mir mich mit anderen zu vereinen und gleichzeitig frei zu sein“.

Die Worte erinnern Tröpfchen an Amelies Großvater und es glaubt, dass er eine ähnliche Sehnsucht in sich trägt wie der Fluss.

Tröpfchen hat sich schnell an sein neues Zuhause gewöhnt. Es fühlt sich wohl Teil des Wassers zu sein, welches unaufhaltsam fließt und Tag und Nacht ohne Pause seinen Weg flussabwärts fortsetzt.

Zum Tagesanbruch, wenn die Sonne langsam aufgeht und die morgendlichen Nebelschwaden dünner und dünner werden erkennt Tröpfen wunderschöne Landschaften an den beiderseitigen Ufern. Raue und wilde Landschaften mit steilen Bergen und schroffen Felsen wechseln sich mit sanft gewellten Hügellandschaften ab. Man weiß nie was einen nach der nächsten Biegung erwartet. Oft könnte der Kontrast nicht größer sein. Besonders dann, wenn aus der Ferne schon Behausungen der Menschen zu erkennen sind, die anfangs noch ganz klein und unscheinbar sind und je näher man ihnen kommt größer und größer, mehr und mehr und lauter und lauter werden.

Auf diese Weise reist Flocke, im Tröpfchen zusammen mit dem Schneeflockenmann eins, aber beide haben sich ihre Seelen bewahrt, durch einen kleinen Teil der Welt, vor der sie sich einst sehr gefürchtet hat. Beide genießen die unbeschwerte Zweisamkeit, lassen sich von der Zeit und dem Fluss treiben und sind einfach nur glücklich sich gefunden zu haben. Vergessen ist wie Flocke sich einst ausgegrenzt und einsam fühlte. In Liebe vereint hat der Alltag und das Dasein eine ganz andere Qualität.

Im Laufe der nächsten Tage schwimmen viele Fische vorbei. Sie machen kurz halt und erzählen, dass sie sehr gerne im Fluss zuhause sind. Er bietet ihnen viel Nahrung, ausreichend Sauerstoff zum Atmen und gute Möglichkeiten sich zu verstecken und ihren Nachwuchs auf die Welt zu bringen. Manche stellen sich als Forelle, andere als Barbe oder Rotauge vor. Sich anfreunden will sich aber kein Fisch mit Tröpfchen. Gerne sind sie auch schnell wieder unter ihresgleichen und es bleibt immer nur bei einem flüchtigen Kennenlernen.

Eines Nachts hat Tröpfchen eine Begegnung der besonderen Art. Ein merkwürdig aussehender Fisch schlängelt sich heran. Er ist anders als all die anderen Fische. Sein Körper ist langgestreckt, schlank und schlangenartig, daher wohl auch die schlängelnden Bewegungen. Es ist eine glitschige Schleimschicht, die ihm ein glänzendes Aussehen verleiht. Sein Rücken ist dunkelgrün und der Bauch gelb. Tröpfchen wird es ein bisschen mulmig zumute, denn er ist mindestens zehnmal so lang wie alle Fische, die es bislang gesehen hat und bewegt sich sehr schnell. Abrupt kommt er vor Tröpfchen zum Halten. Er öffnet sein kleines Maul und eine Vielzahl winziger, bürstenartig angeordneter Zähne wird sichtbar.

„Du brauchst keine Angst vor mir zu haben, so wie all die anderen Fische, Frösche und Wasservögel die vor mir fliehen, weil ich sie jagen muss, um meinen Hunger zu stillen. Von dir werde ich nicht satt."

Tröpfchen wird es mulmig, es ist das erste Mal, dass es hört, dass ein Lebewesen andere Lebewesen töten muss um zu überleben. Und es spielt sich hier in dem nassen Lebensraum ab, in dem es sich bisher so wohl und sicher gefühlt hat.

„Daher sprechen alle anderen in diesem Fluss von mir als Räuber. Das macht mich traurig," fährt der Fisch fort, „denn ich töte nur, wenn es unbedingt erforderlich ist, wir Aale haben keine andere Wahl, um zu überleben. Und glaube mir, ich habe nicht jeden Tag einen gedeckten Tisch".

Tröpfchen in all seiner Reinheit und Unwissenheit, letztendlich besteht es ja nur aus Sauerstoff und Wasserstoff, ohne jegliche Bedürfnisse, außer dass die beiden innewohnenden Seelen nach Liebe und Geborgenheit dürsten, wird immer bewusster, wie komplex das Leben der Erdenbewohner doch ist.

Eines schönen Tages, kurz bevor die Sonne ihren höchsten Stand erreicht, erspäht Tröpfchen in der Ferne eine große glänzende Fläche. Es muss das Meer sein. Die Fische hatten schon davon gesprochen, dass der Fluss bald ankommen wird und sich verabschiedet. Es hat nicht so richtig verstanden warum, nur so viel, dass sie den Fluss nicht verlassen werden, da das Meer für sie keinen Lebensraum bietet, weil der Geschmack des Wassers dort ihren Tod bedeutet.

Da fängt es wieder an Angst zu verspüren, denn es hat wahrlich nichts Heldenhaftes an sich. Und jetzt beim Anblick des Meeres beginnt es zu zittern. Seine Gedanken gehen zurück den ganzen langen Weg, den es gereist ist. Nun sieht es vor sich, je näher es kommt, ein riesiges Meer, in dem es gemeinsam mit dem Fluss für immer verschwinden wird. Aber es gibt keinen anderen Weg. Es weiß, der Fluss kann nicht zurück. Niemand kann zurück, zurückgehen ist unmöglich in der Existenz. Das hat es aus den Gesprächen, die es hin und wieder auf der langen Reise mit Vater Rhein führte, von ihm gelernt. Tröpfchen war klar, er würde seine Natur akzeptieren und ins Meer treten, das ist seine Heimat und sein Ziel und er freut sich darauf dort anzukommen. Wenn es ihn richtig verstanden hat, geht es nicht darum im Meer zu verschwinden, sondern das Meer zu werden. Aber was wird das Wasser dort mit ihm machen, wenn schon die Fische sich weigern im Meer zu wohnen?

In diesem Moment kommt der Aal von flussaufwärts mit großer Geschwindigkeit herangeschwommen. Er scheint sich zu beeilen, um ins Meer zu gelangen.

„Hallo Aal", ruft Tröpfchen mit bebender Stimme, „mir scheint du kannst gar nicht schnell genug ins Meer kommen, hast du denn keine Angst vor dem Wasser dort?"

„Ja, ich kann es nicht erwarten. Es sind viele Wasser, die ich durchschwommen habe, um hierher zu gelangen." Der Aal hat halt gemacht, an der Stimme des Tröpfchens merkt er, dass es ängstlich ist.

„Bei meiner langen Wanderung durch Bäche und Flüsse zur Sargassosee weit hinten im Meer, für die ich mehr als ein Jahr brauche und dabei viele tausend Kilometer zurücklege, ist dies ein besonderer Augenblick," fügt er hinzu. „Ich habe keine Angst vor dem Salzwasser im Meer, denn ich kann anders als die Fische hier im Fluss dort leben, gleichwohl weiß ich, dass ich bald sterben werde."

Flocke und der Schneeflockenmann zucken im Tröpfchen zusammen. Also doch, dann wird das Salzwasser wohl auch ihr Ende bedeuten, sie klammern sich ganz fest aneinander. In diesem Moment wird Flocke gewahr wie nebensächlich es ist wohin die Reise geht. Wer dich begleitet ist entscheidend.

„Ich merke wie dich meine Vorsehung schockt." Der Aal erkennt, dass er helfen muss und spricht weiter. „Ich wandere in das Meer um dort meine Eier abzugeben und werde danach mit den Gedanken sterben, dass sie sich mit den Spermien eines anderen Aales vereinen. Unsere Kinder werden dann vom Golfstrom an die Küsten getragen, wo sie sich zu Glasaalen entwickeln und dann die Flüsse aufwärts schwimmen, um groß und stark zu werden, bevor sie sich Jahre später selbst auf den Weg in die Sargassosee machen werden. Das ist meine Bestimmung und was könnte erfüllender sein, als mit diesen Gedanken aus dem Leben zu scheiden? Aber du musst dich nicht sorgen, du wirst den Geschmack des Meeres annehmen ohne es zu merken und es wird dir nichts passieren."

Die Gewissheit, die in seinen Worten mitschwingt, verfehlt ihre Wirkung auf Tröpfchen nicht. Es hat in der kurzen Zeit des Kennens einiges an Vertrauen zum Aal gewonnen und bewundert letztendlich, mit welcher inneren Stärke er seine letzte Reise bewältigt. Es schämt sich ein bisschen, dass es so zimperlich gewesen ist, aber vielleicht ist es auch deswegen, denn es befürchtet die Liebe zwischen Flocke und dem Schneeflockenmann, die es in sich trägt, könnte ein Ende finden, kaum dass sie geboren wurde.

6. Meereskreuzfahrt

Die letzte Begegnung mit dem Aal, danach ward er nie wieder gesehen, bewegt Tröpfchen sehr lange in seinem Innersten. Was ist seine eigene Bestimmung fragt es sich selbst? Nur zu gerne würde es Erfüllung, die sich aus seinem Dasein auf der Welt speist, spüren.

Aber auf einmal verändert sich alles. Das Wasser des Flusses nimmt zusehends eine andere Gestalt an.

Das muss es sein, das Meer. Es ist darin angekommen. Noch vor wenigen Tagen hatte Vater Rhein ihm schon fast schwärmerisch vom Meer berichtet. Von Wellen, dem Seegang und Schaum auf der Wasseroberfläche, starken Strömungen darunter und noch weiter darunter die Stille des tiefen Meeres.

Alles ist voneinander verschieden hat er erklärt und doch ist Wasser das gemeinsame Element, das sie alle durchdringt. Es enthält große Mengen Salz, die die Fische, die darin leben schmecken, aber nicht sehen können. Es ist in geringen Mengen durchsichtig, so wie auch mein Wasser, aber ab einer gewissen Tiefe bekommt es einen immer stärkeren Blauschimmer, hatte er hinzugefügt. Weil die Menschen die mächtigen Meere blau sehen, wird die Erde auch „der blaue Planet“ genannt.

Tröpfchen atmet tief durch, das wäre also geschafft, das Ziel seiner Reise mit dem Fluss ist schadlos erreicht. Aber wie geht es weiter? Flocke und der Schneeflockenmann blicken sich ratlos an, und wenn sie ehrlich zu sich sind, haben sie sich noch nicht groß Gedanken darüber gemacht. Zu sehr waren sie mit sich selbst beschäftigt und das was sie bislang gemeinsam erlebten. Sie genießen die enge Zweisamkeit, nachdem sie nun schon eine geraume Zeit ein Liebespaar sind. Sie schätzen am Partner seine Bereitschaft den Anderen als das anzunehmen was er ist, ohne ihn verändern zu wollen. Sie spüren Vertrauen in die gegenseitige Zuneigung, ohne Beweise zu verlangen und haben den Mut, das Herz zu öffnen, ohne Netz und doppelten Boden. Gedanken über ihre Zukunft, einer gemeinsamen Zukunft, kommen ihnen nun erstmalig in den Sinn. Sie nehmen sich noch einmal ganz fest in die Arme, denn sie spüren beide intuitiv, dass sie noch nicht am Ende ihres gemeinsamen Weges angekommen sind.

Es folgt ein Tag auf den anderen, eine Nacht der nächsten. Im weiten Meer gibt es keine Uhr, folglich keine Zeit. Die Zeit ist hier als ein ewiges Jetzt zu betrachten. Es sind die Wetter die für Abwechslung, zumindest in den oberen Schichten des Wassers, sorgen. Tiefer darunter scheint die Zeit stillzustehen.

An manchen Tagen treibt Tröpfchen auf den Kämmen der Wellen dahin und wird der Sonne oder des häufigen Regens mit teils starken Stürmen, aber auch tagelangen Windflauten, gewahr. Manchmal wird es von Strudeln in die Tiefe gezogen. Verweilt dort gefühlt zeitlos und lernt das Leben in der Tiefe des Meeres kennen, dass reicher und bunter ist als im Fluss, bevor es meist unverhofft wieder an die Oberfläche getrieben wird.

Während einem dieser Ausflüge in die Tiefe wird es ganz dicht an einem riesigen Gebirge unter Wasser vorbeigespült. Es scheint den perfekten Lebensraum für viele Pflanzen- und Tierarten im Meer zu bilden und Tröpfchen staunt mit großen Augen, wie viele andersartige Meeresbewohner hier ein zuhause gefunden haben.

Plötzlich spürt es einen starken Sog. Mit zunehmender Geschwindigkeit wird es auf eines dieser seltsam wirkenden, hier wohnenden Geschöpfe zugetrieben. Besagtes Etwas mutet sonderbar an. Es hat eine harte, starre Schale. Diese besteht aus zwei Teilen, die miteinander verklebt sind und bilden zusammen den Rumpf dieses seltsamen Meeresbewohner. Es hat sich hier in den Tiefen des Meeres mit Hilfe einer Art Faden an den Felsen des großen Gebirges, unmittelbar neben sich, verankert. Dass es sich um ein Lebewesen handelt erkennt Tröpfchen daran, dass, je näher es ihm unfreiwillig kommt, zwischen den Schalen die leicht geöffnet sind, ein weicher und äußerst zerbrechlich wirkender Körper zum Vorschein kommt.

Vom Sog angezogen ist Tröpfchen mittlerweile sehr nahe gekommen und kann ein kleines Herzchen im Körper pulsieren sehen. Dieses Etwas lebt. Da wird es auch schon dunkel und unter Getöse um sich herum hat es als letztes die Wahrnehmung, im Körper des Lebewesens zu verschwinden, bevor es schon nach wenigen Augenblicken wieder heller wird und es zurück ins Wasser des Meeres geworfen wird. Alles erscheint wie ein Spuk.

„Ich kann dich nicht sehen, denn ich habe keine Augen, aber ich spürte und roch dich, als du dich mir genähert hast,“ ertönt überraschend eine leise, aber sehr feste Stimme. „Du musst entschuldigen, ich habe dich ohne deine Einwilligung eingesaugt, um Sauerstoff aus dir zum Atmen zu bekommen.“

Tröpfchen erholt sich schnell von dem Schrecken, es ist froh, dass ihm nichts passiert ist. Es ist sogar ein klein wenig stolz, dass es einen anderen Mitbewohner des Meeres beim Überleben, wenngleich auch auf erschreckender und unfreiwilliger Weise, behilflich sein konnte. Jetzt ist es neugierig, wer es verschlungen und wieder ausgespuckt hat.

„Wer bist du?“, fragt es daher mit gleichwohl fester Stimme, der man das kurz vorher Geschehene nicht anmerkt.

„Ich bin eine Muschel und seitdem ich mich erinnern kann, bin ich hier zwischen den Korallen sesshaft. Es ist mein Zuhause. Hier lebe ich unter Schwämmen, Seegras und Krebstieren. Andere Muscheln und Würmer sind hier ebenso zu Hause, wie Schnecken, Seeigel und Seesterne, die die Korallen abweiden. Wir haben ein sehr friedvolles Miteinander. Quallen und Mantarochen schweben oft vorbei und grüßen freundlich, Haie gehen unweit von hier nachts auf die Jagd, aber sie interessieren sich nicht für uns."

„Dann ist dein Zuhause ja ein Paradies", entgegnet Tröpfchen.

„Wenn das Paradies für dich ein Ort ist, wo man miteinander in Frieden und unter gegenseitiger Rücksichtnahme zusammenlebt, dann stimme ich dir zu. Gleichwohl findet das Böse auch hierher seinen Weg."

Als die Stimme der Muschel verstummt nimmt Tröpfchen wahr, wie sich die Schalen der Muschel weiter öffnen und einen genaueren Blick in das Innere frei geben. Die Innenseiten der Schalenhälften glänzen in den schönsten Farben. Aber was ist das? Tröpfchen erblickt eine kleine, strahlend weiße Kugel.

Die Muschel bemerkt die erstaunte Reaktion: „Eines Tages, vor langer Zeit, ist ein kleiner Parasit in mir eingewandert, vor dem wir Muscheln uns alle fürchten. Er wollte mich von innen auffressen. Aber ich habe mich gewehrt und den Eindringling mit Perlmaterial eingewickelt, damit er keinen Schaden anrichten kann. Seitdem beherberge ich einen ungebetenen Gast in mir".

Tröpfchen ist voll der Bewunderung. „Das Leben ist wahrlich nichts für Weichlinge. Du hast dich von dem Bösen befreit, indem du es in einer wunderschönen Schicht eingemauert hast," entgegnet es voller Anerkennung.

„Ja, das ist mir gelungen," antwortet die Muschel mit einer Spur Stolz in der Stimme, „gleichwohl habe ich mir damit mein Leben nicht sicherer gemacht. Es gibt einen noch größeren Feind. Er ist nicht hier im Meer zuhause. Es ist der Mensch. Er kommt ins Meer und sucht nach mir. Nicht um des Fressens willen, so wie die Haie in meiner Nachbarschaft, die zum Überleben jagen. Nein, er nimmt viele Mühen auf sich, um mich zu finden und mir die Perle aus Perlmutt, die ich in mir trage, zu entreißen. Es bedeutet meinen Tod. Perlen gelten für Menschen als Kostbarkeiten. Es sind für sie Symbole für Weiblichkeit, Schönheit oder Reichtum. Die männlichen Menschen werben damit gerne um die Gunst der weiblichen Menschen. Nachdem sie erfolgreich gewesen sind ist es dann oft so, dass die Perlen dem tristen Alltag mancher Paare geschuldet, schnell wieder ihren Glanz in deren Augen verlieren. Am Ende von Beziehungen symbolisieren sie dann nicht selten Tränen. Diesem frevelhaften Tun der Menschen geschuldet schmecken die Tränen, die sie dann weinen, salzig wie das Meer“. Zuletzt war die Stimme der Muschel leiser und dünner geworden, bevor sie ganz verstummt.

Tröpfchen spürt Mitgefühl und Melancholie in sich aufkommen. Ist es das, was der Adler meinte, als er seinerzeit in den Lüften zu Flocke davon sprach, dass die Menschen oftmals rücksichtslos gegen andere und die Natur vorgehen, aber auch das einzige Lebewesen sind, dass die Liebe in all ihren Facetten kennt?

„Sei nicht traurig und besorgt liebe Muschel“, entgegnet es mit sanften Worten, ohne überzeugt zu sein, die richtigen tröstenden Worte zu finden. „Keiner wird dich hier in deinem abgelegenen Zuhause in der Tiefe des Meeres aufstöbern und von mir wird niemand erfahren, welches Geheimnis du in dir trägst.“

Es hegt im Verborgenen leichte Zweifel, ob es der Muschel gelingen wird sich dauerhaft vor den Menschen zu verstecken und ist daher sehr froh, dass diese umgehend antwortet.

„Das ist lieb von dir und gibt mir Zuversicht. Doch ich verspüre keine Panik, denn ich glaube daran, dass der Tod dann die Erlösung von meinen Schmerzen ist. Er ist die Grenze über welche mein Leiden nicht hinausgehen wird. Er versetzt mich wieder in jenen Ruhezustand, dessen ich vor meiner Geburt teilhaftig war."

„Wer wird denn so pessimistisch sein und über seinen Tod sinnieren?"

Die Muschel und Tröpfchen fahren zusammen, als sie eine fremde Stimme unmittelbar neben sich vernehmen.

„Das Herz des Menschen ist sehr ähnlich wie das Meer. Es hat seine Stürme, es hat seine Gezeiten und in seinen Tiefen hat es seine Perlen," fügt die unbekannte Stimme noch hinzu.

„Ich grüße dich Meeresschildkröte," antwortet die Muschel als sie den Neuankömmling erkennt. „Ich habe deiner Einschätzung noch immer vertrauen können, in all den vielen Jahren, seitdem ich dich nunmehr kenne und schätzen gelernt habe." Sie klingt sichtlich erleichtert darüber, dass die eben gehörten Worte den Menschen ein bisschen seine Schrecken nehmen.

„Ich habe dein Kommen gar nicht gespürt und dich auch nicht gerochen, zu sehr war ich wohl mit mir selbst und dem Gespräch mit Tröpfchen beschäftigt. Es ist lange, lange her, dass du hier vorbeigekommen bist," fährt sie fort. Sie freut sich augenscheinlich, eine alte Bekannte wieder zu treffen. Ihre Stimme hat deutlich an Glanz gewonnen.

Die Meeresschildkröte, die Tröpfchen nun auch erblickt, ist ein mächtiges Tier. Wohl hundert Kilogramm schwer und über einen Meter lang. Ein gewaltiger Panzer schützt ihren Körper und ist stromlinienförmig abgeflacht. Ihre Vorder- und Hinterbeine, die daraus hervor ragen, sind zu flossenartigen Paddeln umgebildet. Mit ihnen kann sie so gut schwimmen, dass sie sehr schnell sich ihnen nähern konnte, ohne dass sie es bemerkten. Ihr im Vergleich zur übrigen Körpergröße kleiner Kopf mit zwei glupschartigen schwarzen Augen an den Seiten wendet sich Tröpfchen und der Muschel zu.

„Ich würde gerne ein Weilchen bei euch beiden verbleiben, denn es ist lange her, dass man mich so freundlich begrüßt hat. Und eine Pause täte mir sicherlich gut. Aber ich habe einen weiten Weg vor mir und muss dazu noch das halbe Meer durchqueren, um an den Strand zurückzukehren, an dem ich geboren wurde.“

Jetzt da die Meeresschildkröte sich unmittelbar neben Tröpfchen befindet, wird es gewahr, dass beim Sprechen Tränen aus ihren Augen kullern. Tröpfchen ist sehr berührt. Es ist das erste Mal, dass es einem augenscheinlich traurigen Meeresbewohner, warum auch immer, begegnet.

Erst viel später, aber da ist es schon längere Zeit mit der Meeresschildkröte gemeinsam auf Reisen und mittlerweile sogar angefreundet, findet es heraus, dass Salzdrüsen an ihren Augen ständig Salz ausscheiden, welches sie über das Meerwasser aufgenommen hat und wieder loswerden muss. Das lässt sie aussehen, als würden sie ständig weinen.

Aber die Meeresschildkröte ist keineswegs eine traurige Gesellin. Sie ist ein eingefleischter Single und weiß ihr Vagabundenleben zu genießen. Tröpfchen ist nun schon eine große Strecke als Passagier auf ihrem Panzer durch die Weiten des Meeres gereist und hat dies bei vielfältigen Gelegenheiten beobachtet.

Es erinnert sich gut an folgendes Geschehnis.

„Djiiiii, tktktkkkk, phiiii, ouhhhh.“ Es zuckte zusammen, als es damals plötzlich diese Laute ganz nah bei sich vernahm, denn es war kurz eingenickt gewesen.

„Djiiiii, tktktkkkk, phiiii, ouhhhh,“ ertönte es kurz darauf aus etwas weiterer Entfernung. Da tauchten auch schon mehrere große Fische aus dem Dunkel des Meeres auf und schwammen schnurstracks und schnell auf die Meeresschildkröte zu. Sie waren fast so groß und schwer wie die Schildkröte, hatten eine dreieckige Rückenflosse, zwei Brustflossen und eine Schwanzflosse. Oben auf dem Kopf saß ein Blasloch, dass sie wohl zum Atmen brauchen. Es schienen lustige Gesellen zu sein, denn ihr Gebaren untereinander glich einem Spiel, bei dem sie viel Freude zu haben schienen.

Dem Anschein nach der Anführer begrüßte die Meeresschildkröte ausgelassen. „Es gelingt dir jedes Mal uns zu überraschen und uns glauben zu lassen, es handelt sich um einen Artgenossen. Aber sei herzlich willkommen in unseren Gefilden."

Die Meeresschildkröte hatte den Pfeifton der Delfine, durch den sie sich untereinander erkennen imitiert, als sie in deren Revier ankam. Und das wohl nicht zum ersten Mal, wie aus dem schnabelartigen Maul des Anführers zu vernehmen war.

Im Anschluss verweilte sie eine Zeit in den Gefilden der Delfine. Eine Pause tat ihr dann wohl doch gut, nachdem sie täglich hundert Kilometer durch das Meer zurückgelegt hatte. Diese Rast bot Tröpfchen eine gute Gelegenheit, das Leben der Delfine aus nächster Nähe zu beobachten und es war eindrucksvoll, was es zu sehen bekam.

Immer wenn die Meeresschildkröte zum Atmen an die Meeresoberfläche auftauchte, denn sie hat keine Kiemen, sondern eine Lunge, konnte man die Schönheit des Himmels bewundern, der mindestens ebenso eine Weite wie das Meer zu haben schien. An manchen Tagen glichen weiße Wolken den Schaumkronen der Wellen und das tiefe Blau drumherum den Tiefen des Meeres.

Ganz oft waren die Delfine zu sehen, die Tröpfchen nun schon vom Sehen her etwas genauer kannte. Sie sprangen in der Nähe aus dem Wasser und führten akrobatische Figuren aus. Es waren ganz viele, mehr als man unter Wasser wahrnehmen konnte und sie vollführten ein ständiges rein und raus. Es hatte den Anschein sie waren mit Freude bei einem Spiel. Es glich dem Schneeballspiel seinerzeit von Amelie mit ihren Freundinnen im Garten, zumindest was den Spaß und die Ausgelassenheit und das unvoreingenommene Miteinander betraf. Groß und Klein, Alt und Jung nahmen am Spiel teil, niemand wurde ausgegrenzt, jeder durfte an der Gemeinschaft teilhaben.

Die Seele von Flocke wurde damals beim Beobachten von einem Schleier der Traurigkeit überzogen. Warum hatte sie das nicht in der Gemeinschaft der Schneeflocken erfahren. Unpersönlichkeit und das Gefühl der Ausgegrenztheit schmerzten noch immer, wenn sie daran dachte, obwohl sie glaubte, dies überwunden zu haben. Manche Verletzungen, vor allen die Seele betreffend, heilen anscheinend nur langsam, möglicherweise nie. Es kommt darauf an inneren Frieden damit zu schließen, und den anderen Schneeflocken zu verzeihen, dies spürte sie aus dem Inneren heraus. Die Anderen hatten es bestimmt nicht mit böser Absicht gemacht, es liegt wohl eher in der Natur aller Lebewesen und Organismen, sich Andersartigen gegenüber erst einmal ablehnend zu verhalten. Angst vor Unbekanntem und Unsicherheit spielen dabei möglicherweise eine vorherrschende Rolle. Dass sie seinerzeit den Mut hatte ihren Schmerz kundzutun und dabei erkannte, dass es bei vielen ein Schamgefühl auslöste, gab Selbstvertrauen zurück. Und hatte sie nicht trotz all dieser Widrigkeiten kurz darauf ihren Traummann gefunden und fühlt sich heute als vollwertige Partnerin, die ihm all ihre Liebe schenken kann?

Die Seele von Flocke schmunzelte, ihr kamen die Bilder in den Sinn, als nicht wenige Schneeflockenfrauen ein Stück neidisch aber auch anerkennend und wohlwollend ihr alles Gute für die gemeinsame Zukunft wünschten.

Die Sprünge der Delfine hatten aber auch noch einen anderen Grund. Sie spähten in der Luft nach

Möwenansammlungen aus die meist da anzutreffen sind, wo Futterplätze mit Fischschwärmen zu finden sind. So viel Bewegung machte hungrig.

Einem weiteren Schauspiel durfte es beiwohnen, als sich die Meeresschildkröte auf dem Meeresboden entlang bewegte. Hierbei konnte es beobachten wie neugierig, verspielt und gelehrig diese Fische sind. Sie vereinen die Nahrungssuche und ihr Jagdverhalten mit Spiel. Mit auf dem Meeresboden gefundenen Muschelschalen, mit denen sie „Ball" zu spielen schienen, übten sie die Jagd innerhalb der Gruppe. Junge Delfine wurden dabei von ihren Müttern geschult. Bei der eigentlichen Jagd nutzten sie dies anschließend, um Fische auf eine Sandbank zu treiben, wo sie einfacher zu fangen waren, wie es zu einem späteren Zeitpunkt aus sicherer Entfernung beobachten konnte.

Dabei kam ihm in den Sinn, wie doch das Leben von jeden anders gelebt bzw. erlebt wird. Es scheint kein allgemeingültiges Muster für alle zu geben. Basierend auf die eigene Herkunft, die Aufgabe die einen das Leben mitgegeben hat und die Umstände unter denen man heranreift, ist es für jeden unterschiedlich. Was haben der Adler, der Großvater, der Aal und zuletzt die Delfine, um nur einige zu nennen, denen es begegnet war, und es selbst gemein? Warum hat es Gefühle für alle, von Mitgefühl wie für die Muschel bis hin zu Liebe für den Schneeflockenmann? Und warum ist es eigentlich auf diese Welt gekommen, hat es eine Aufgabe zu erfüllen oder ist die Aufgabe schon erfüllt, indem es der Muschel Sauerstoff gespendet hat fürs Überleben? Und wie geht es weiter?

Diese Fragen trug Tröpfchen lange Zeit mit sich herum, bis es darauf eine Antwort bekam. Es war das Meer höchstpersönlich, dass eines Tages völlig unerwartet seine Stimme erhob und sprach: „In dir Tröpfchen spiegelt sich mein Geheimnis wider: meine tiefen Abgründe, die stürmischen Wellen und die sanfte Ruhe. Jeder meiner unzähligen Tropfen aus denen ich bestehe birgt eine Welt voller Leben, so auch du. Ohne uns gemeinsam gäbe es kein Leben auf dieser Welt." Danach verstummte es wieder und erhob nie mehr seine Stimme.

Seitdem fühlte sich Tröpfchen nützlich und das war neben dem Gefühl der Liebe, die es in sich trug, ein weiteres, sehr erhabenes Gefühl.

Mit einem Mal vernimmt es die Stimme der Meeresschildkröte: „Es ist an der Zeit, dass wir unsere Reise fortsetzen, ich verabschiede mich noch von den Delfinen und dann brechen wir auf". Sie macht sich auf den Weg und scheint auf keine

Antwort zu warten.

Tröpfchen fragt sich wie lange die Reise zusammen mit der Meeresschildkröte schon dauert, es muss lange sein. Es hatte sich damals einfach so gefügt. Das erste Zusammentreffen bei der Muschel war von beiderseitiger Anfangssympathie gekennzeichnet und so musste es nicht lange überlegen, als ihr von der Meeresschildkröte angeboten wurde, ein Stück des Weges gemeinsam zurück zu legen. Da es im Gegensatz zu ihr kein klares Ziel vor Augen hatte, musste es nicht lange nachdenken und nahm das Angebot dankend an.

Kurz danach hatte es auch erfahren, wohin die Reise geht. Es ist ein Strand auf einer Insel im Indischen Ozean, dort wo die Meeresschildkröte vor vielen Jahren aus einem Ei geschlüpft ist und nun dahin zurückkehren will, um selbst ihre Eier abzulegen.

Es war bass erstaunt als die Schildkröte ihr den Namen der Insel nannte und anfing von der Schönheit und Magie dieses Ortes zu schwärmen. Bali.

War das nicht der Name der Insel auf der Amelies Großvater einen Teil seines Lebensabend verbracht hat? Ja, er lebte lange auf Bali. Flocke war noch im Schneemann eingebaut, als sie ihn im Haus hatte davon sprechen hören.

Wie kann sich die Meeresschildkröte den Weg nach Bali durch die scheinbar unendliche Weite des Meeres merken? Tröpfchen hat sich wiederholt diese Frage gestellt. Bislang war die Meeresschildkröte allerdings eine Antwort schuldig geblieben.

Es sei und bleibe das Geheimnis der Meeresschildkröten, war die einzige knappe Antwort und habe bis heute, und dass sei eine sehr, sehr lange Zeit bestanden. Ihre Vorfahren seien schon vor Urzeiten entstanden und haben sogar die Dinosaurier überlebt. Und das solle, zum eigenen Schutz, auch zukünftig so bleiben. Die Menschen würden weiterhin rätseln, ob die Meeresströme, der Salzgehalt des Wassers oder das Magnetfeld der Erde ihnen zur Orientierung dienen.

So erlebt Tröpfchen viele weitere Sonnenaufgänge und Sonnenuntergänge und zahlreiche, aber eher flüchtige Begegnungen mit anderen Meeresbewohnern in den Tiefen des Meeres, bevor es eines Morgens in der Ferne Land am Horizont entdeckt.

„Wir sind angekommen, vor uns liegt Bali“, sagt die Meeresschildkröte, sichtlich erschöpft. „Ich werde mich jetzt hier ausruhen und heute Nacht an Land schwimmen und ein tiefes Loch in den Sandstrand graben, in das ich meine Eier lege und anschließend mit Sand zudecke. Das ist Schwerstarbeit! Das Ausbrüten überlasse ich dann der Sonne und dem warmen Sand. Nach getaner Arbeit kehre ich zurück. Du wartest hier im Meer auf mich.“

Tröpfchen ist enttäuscht, es hat sich so auf Bali gefreut, von dem es bisher nur Gutes gehört hat. Aber es hat den Anschein, als sei die Meeresschildkröte einzig und alleine für den Zweck ihre Eier abzulegen hierhergekommen und nicht, um länger auf der Insel zu verweilen.

Was weibliche Wesen doch für Mühe auf sich nehmen, um ihren Nachwuchs zur Welt zu bringen, geht ihm durch den Kopf. Es muss an den Aal denken, der sogar bereit ist dafür zu sterben.

„Ich werde meine Kinder leider nie persönlich kennenlernen,“ hört es nun die Meeresschildkröte sagen. „Von der Temperatur hängt es ab, wer zur Welt kommt. Wenn‘s kühler ist, schlüpfen nach zwei Vollmonde mehr Söhne, wenn‘s wärmer ist, mehr Töchter. Und sie müssen sich anstrengen, bis sie sich komplett aus dem Nest gebuddelt haben. Ich hoffe die Kleinen finden danach ihren Weg durch den Sand zum Wasser, es ist sehr mühsam für sie. Ich erinnere mich noch gut, wie es seinerzeit bei mir war. Vögel und streunende

Hunde wurden meinen Geschwistern und mir sehr gefährlich, bzw. zum Verhängnis. Nur ein Teil von uns erreichte das Wasser. Aber auch dort waren wir nicht in Sicherheit, es warteten schon Fische auf uns als „Leckerbissen". Ich war die Einzige, die überlebt hat. Jetzt wünsche ich mir, dass mindestens auch einer meiner Söhne oder Töchter ebenso viel Glück wie ich hat und bald im weiten Meer, wenn auch allein auf sich gestellt, heranwachsen kann." Ein gewaltiger Tränenschwall ergießt sich über ihre Augen und erschrickt Tröpfchen bis ins Mark. Es ist ja gewohnt, dass die Meeresschildkröte permanent weint, aber nicht in diesem Maße.

Was sagt man einer werdenden Mutter mit solchen Aussichten? Wenn einem die Worte fehlen, dann schweigt man besser, das signalisieren Tröpfchen die Seelen von Flocke und dem Schneeflockenmann von innen heraus. Tränen alleine haben eine tröstende und heilende Wirkung.

7. Himmelfahrt

Die Natur ist ein Wunderwerk, das bis heute nicht enträtselt ist. Alles was geschieht hat eine tiefere Bedeutung und einen Zweck für das große Ganze. Niemand und Nichts ist davon ausgenommen. Auch Tröpfchen nicht.

Die Bali-Sonne ist für ihre Strahl- und Anziehungskraft in der ganzen Welt bekannt und trägt wesentlich zum sogenannten Bali-Gefühl bei. Menschen aus der ganzen Welt kommen auf die Insel, angezogen von ihr und der Sehnsucht nach der heilen Welt.

Tröpfchen merkt es anfangs nicht, es sitzt auf dem Rücken der Meeresschildkröte, die an der Meeresoberfläche treibt, unweit des angepeilten Strandes auf Bali und ruht sich aus. Es fühlt sich an wie ein leichtes Beben. Eh es sich versieht wird es gewahr, dass es über dem Panzer schwebt und immer weiter und weiter in die Lüfte emporgehoben wird. Es hat gerade noch Zeit der Meeresschildkröte reflexartig zuzurufen: „Vielen Dank für deine Gastfreundschaft und all das, was ich mit dir erleben durfte. Wünsche dir viel Glück auf deinem weiteren Weg“.

Ob sie es noch hört? Die Wellen drumherum rauschen gehörig.

Tröpfchen ist völlig überrascht von dem was passiert. Gerade jetzt, wo die Meeresschildkröte emotional angegriffen ist und Beistand benötigt, geschieht etwas, was die Entfernung zwischen ihnen immer größer und größer werden lässt, bis die Meeresschildkröte immer kleiner und kleiner geworden, vollends aus ihrem Blick verschwindet. Nur noch eine große Fläche Wasser ist zu sehen.

Es schließt die Augen, denn es ist sehr geblendet von der zunehmend gleißenden Helligkeit um es herum. Der Himmel mit den Wolken darin kommt näher und näher.

Das Verschwinden von Tröpfchen von der Erde wird von niemanden wahrgenommen, selbst die Meeresschildkröte ist so mit sich beschäftigt, dass sie, nachdem sie es bemerkt, sich keine weiteren Gedanken darüber macht und schnell zur Tagesordnung übergeht.

Tröpfchen reitet derweil auf einem Sonnenstrahl immer weiter dem Himmel entgegen.

Nachwort

Es ist ein schöner Tag, genaugenommen ist es ein Tag im Winter, an dem die Menschen nicht überrascht sind, als es draußen anfängt zu schneien.

Schneeflocken tänzeln im glänzenden Kleid ganz langsam zur Erde.

Die Schneeflocken entspringen alle einer großen, bläulich grauen Wolke und sind bei großer Kälte aus feinen Wasser Tröpfchen und Luft geboren.

Eine dieser Flocken trägt eine Botschaft an ein Mädchen auf der Erde mit sich.

An meine liebste Amelie.

Etwas, das ich dir gerne sagen würde. Aber zunächst möchte ich dir mitteilen, dass ich gut angekommen bin. Ich schreibe dies vom Himmel aus. Hier wohne ich ganz nahe beim Wundersamen Du. Du erinnerst dich, ich habe dir oft davon erzählt. Es ist die Energie, die das Universum und alles darin, auch uns geschaffen hat. Die meisten Menschen nennen sie Gott.

Hier oben gibt es keine Tränen der Trauer mehr; Es gibt einfach ewige Liebe. Bitte sei nicht unglücklich, nur weil ich außer Sichtweite bin. Denke daran, dass ich jeden Morgen, Mittag und Abend bei dir bin.

An diesem Tag musste ich dich verlassen, als mein Leben auf Erden zu Ende war. Ich hatte keine Angst vorm Sterben, weil ich mein Leben gelebt habe. Das Wundersame Du hob mich hoch, umarmte mich und sagte, ich heiße dich willkommen. Es ist schön, dich wieder bei uns zu haben; Du wurdest vermisst, während du weg warst. Was deine liebe Familie betrifft, sie wird später hier sein. Es gab mir eine Liste von Dingen, die es von mir erwartet. Und das Wichtigste auf der Liste ist, auf dich aufzupassen und mich um dich zu kümmern. Wenn du nachts im Bett liegst, werden die Sorgen in die Flucht geschlagen. Das Wundersame Du und ich sind dir mitten in der Nacht am nächsten.

Wenn du an mein Leben auf Erden und an all die liebevollen Jahre denkst die wir gemeinsam hatten, werden dir Tränen in den Sinn kommen, weil du nur ein Mensch bist. Aber habe keine Angst zu weinen; es lindert die Schmerzen. Ich wünschte, ich könnte dir alles erzählen, was das Wundersame Du geplant hat. Wenn ich es dir sagen würde, würdest du es nicht verstehen.

Aber eines ist sicher, auch wenn mein Leben auf der Erde vorbei ist. Vor dir liegen steinige Straßen und viele Hügel, die du erklimmen musst. Aber du wirst es schaffen. Es war schon immer meine Philosophie; Ich möchte es auch für dich. Wenn du der Welt etwas gibst, wird die Welt dir etwas geben. Wenn du jemandem in Trauer und Schmerz helfen kannst, dann kannst du nachts zum Wundersamen Du und mir sagen: „Mein Tag war nicht umsonst“.

Und wenn es für dich an der Zeit ist, deinen Körper zu verlassen, denke daran, du gehst nicht; Du kommst hierher zu mir. Von hier oben werde ich dich immer lieben. Ich schicke dir diese Botschaft mit einer Schneeflocke, sie kennt dich.

Ich sende dir meine Liebe.

Dein Bali Opa.